A BOURGUIGNON

LE

MODÈLE-DES-VERTUS,

COMPAGNON CORDONNIER-BOTTIER

DU DEVOIR,

MARTYR DE SON DÉVOUEMENT

POUR SON COMPAGNONNAGE.

POÈME

EN HUIT CHANTS ET EN VERS

SUIVI DE PLUSIEURS CHANTS COMPAGNONNIQUES

PAR

CAPUS dit Albigeois

L'AMI DES ARTS,

Compagnon cordonnier-bottier.

A TOULON,

CHEZ L'AUTEUR, RUE DES SAVONNIÈRES, 15.

1851.

Toulon.— Imp. V⁰ BAUME, rue de l'Arsenal, 17.

ÉPITRE DÉDICATOIRE.

—

Aux compagnons Tondeurs.

O vous que le sage contemple,
Lorsque par ses instructions ,
Vous allez présenter au temple ,
Les doux fruits de vos actions.
Quand par esprit de bienfaisance ,
Aux orphelins du tour de France
Que vous rencontrez en chemin ,
Vous allez leur tendre la main.
Quand au contact philantropique ,
Dégagés de l'ombre sceptique ,
Vos yeux fixes et clairvoyants
Vous font retrouver vos enfants
Issus de la grande famille , 1
Perdus sous les voiles épais
Des ministres d'un Dieu de paix ,
Qui voilent le flambeau 2 qui brille.
Dites, voudrez-vous recevoir

---

1 On trouve dans l'histoire de la maçonnerie pittoresque par Clavel .
qu'en 1646 les cordonniers et bottiers s'étaient formés en compagnonnage, et qu'ils furent contraints d'y renoncer par la tyrannnie des prêtres
qui poursuivaient en même temps les francs-maçons.

2 Le flambeau de la raison

Avec la même courtoisie ,
L'opuscule que vous dédie ,
Un humble enfant du beau devoir.
Ah ! si de vous il ose attendre
Le don d'une insigne faveur,
Recevez s'il doit y prétendre ,
Le faible hommage de son cœur.

R eine des cœurs bien nés , digne fille du ciel ,
E xauçant nos doux vœux , tu produisis un miel ,
C apable d'épurer le précieux hommage,
O ffert au fondateur d'un principe si sage.
N e parlant désormais qu'un idiome pur ,
N otre belle union d'amour resplendissante,
A imera les progrès dont la fille fervente , 1
I dolatre l'éclat de ses rayons d'azur ;
S ans le puissant levier que sa main nous façonne,
S aurons nous bien trouver le point qu'une Gorgone,
A chève d'effacer quand la division
N ait dans le propre sein d'une même famille ?
C ompagnons ! quand pour nous , son auréole brille ,
E cartons loin de nous toute dissension.

A vous hommes de paix et d'honneur qui nous l'avez
produite.

Lodève-le-bien-aimé , C∴ tondeur ,
Dauphiné-la-justice , C∴ blanchais-chamoiseur ,

---

1 L'humanité.

L'assurance-le-Clermont , C.·. cordier.

Bourguignon-le-soutien-du-devoir , C.·. vannier.

Nantais-sans-façon , C.·. sabotier.

L'obligeance-le Tourangeau , C.·. toilier.

La Pensée-le-Champagne, C.·. chapelier.

Lyonnais-l'inviolable , C.·. tisseur-ferrandinier.

Montaubau-la-fierté-du-devoir , C.·. tondeur.

La Couronne-le-Lyonnais , C.·. cordier.

Bassigny-la-bonne-société , C.·· blanchais-chamoiseur.

Lyonnais-la-liberté , C.·. vannier.

Nantais-la-sincérité , C.·. sabotier.

Noble-cœur-le-Poitiers , C.·. cordier.

Sans-façon-l'Angevin , C.·. chapelier.

Foraisien-le-réfléchi , C.·. tisseur-ferrandinier.

Dauphiné-sans-chagrin , C.·. tondeur.

Lyonnais-la-franchise , C.·. blanchais-chamoiseur.

Noble-cœur-le-Saintonge . C.·. cordier ,

Nantais-l'espérance , C.·. vannier ,

Manceau-la-plaisance , C.·. sabotier ,

Cœur-enflammé-le-Bourguignon , C.·. toilier ,

Noble-cœur-le-Quercy , C.·. chapelier ,

Foraisien-l'amitié , C.·. tisseur-ferrandinier.

Beauceron-prêt-à-bien-faire , C.·. vannier ,

Angevin-la-Constance, C.·. sabotier ,

Cœur-Fidèle , l'Angevin , C.·. toilier ,

Chambéry-cœur-dévoué. C.·. tisseur-ferrandinier.

Lyonnais-le-bien-aimé-du-devoir , C.·. tisseur-ferrandinier.

FRÈRE,

Je m'empresse de mettre la plume à la main pour satisfaire à ta demande par l'intermédiaire du Pays Gascon–l'humanité.

Crois, cher ami et frère, que je n'attendais pas moins de ta part, je savais d'avance que ta faible muse ne resterait pas muette à la douleur que nous venons d'éprouver à la perte de notre infortuné frère Bourguignon-le-modèle-des-vertus, sujet de ta demande. Quant à sa mort, je ne pourrais pas sans doute t'en donner des détails assez éclairés pour te satisfaire, mais celui qui fait ce qu'il peut fait ce qu'il doit.

Notre frère est mort dans une île d'Amérique, dans le courant du mois de juin 1848. Ses dernières paroles ont été celles-ci : « Cher Beaujolais 1, je vais mourir, c'est donc entre tes bras que je vais rendre mes derniers soupirs, c'est toi cher et dévoué frère qui va me fermer mes paupières, que Dieu te donne des forces pour m'assister à mon dernier moment; reçois ma bénédiction fraternelle, reçois aussi mon dernier baiser de paix, baiser fraternel des compagnons que notre sage fondateur nous légua pour le transmettre à tous les bons enfants du tour de France.

---

1 Fabvier (neveu du général de ce nom) dit Beaujolais-le-bien-aimé du tour de France, est le compagnon qui fut le rejoindre en Amérique, et c'est à lui à qui il s'adressait à l'instant de sa mort

« Quand je ne serais plus, va plus heureux que moi revoir le foyer du compagnonnage et porter mon dernier baiser à tous les compagnons de notre belle patrie ; disleur que je suis mort avec le grand regret de ne pouvoir les presser sur mon cœur ; et loin aussi des bords qui m'ont vu naître, là où un cher père et une tendre mère avaient pris tant de soin à m'élever sous les auspices de la vertu, de l'humanité et de la sagesse, pauvre père, pauvre mère, pardonnez à votre enfant les larmes qu'il vous a fait couler.

« Adieu ma mère, adieu mon père !

« Adieu, cher Fabvier, et vous tous généreux aspirants et compagnons de ma chère patrie !

« Je lègue à mon père et à ma mère mon cœur, aux bons enfants du tour de France mon dernier baiser, mes couleurs et mon souvenir. Adieu ! »

Et levant les yeux vers le ciel, il prononça le nom de Dieu et rendit le dernier soupir.

Voilà, cher Albigeois, les renseignements que je puis te donner.

Salut et fraternité,

CASTILLON,

Dit Provençal–l'exemple-de-la-Sagesse.

Marseille, le 30 avril 1849.

COUPLETS.

AIR : Avant de quitter ce rivage ,
Où dort pour jamais un héros .

— ▬ —

La nuit de sa robe étoilée
Venait d'obscurcir l'horizon ,
Et l'anémone étiolée
Le redressait sur le gazon ;
La nature , au muet langage ,
Goûtait un paisible repos ,
Lorsqu'un fils du compagnonnage
Faisait répéter aux échos ,
REFRAIN. Toi qui repose en paix dans cette tombe ,
De tous nos compagnons reçois pour hécatombe ,
Un feu qui ne s'éteint jamais ,
De pleurs amers et d'éternels regrets.

Vengeur des lois de la sagesse ,
Soutien de ses mâles vertus ,
Toi , qui hais celui qui transgresse
Et ses desseins et ses statuts ,
Du haut des régions célestes ,
Où tu planes tout radieux ,
Entends les vœux purs et modestes
De tes frères mystérieux.
REFRAIN. Toi qui repose , etc.

Puisque le pain de la souffrance
Fut ton éternel aliment ,
Et qu'aux souvenirs de la France
Tu t'abreuvais dans le tourment,

Touchés de ton cruel martyre ,
Sur leurs ailes d'or et d'azur ,
Les anges du divin empire ,
Transportèrent ton esprit pur.

REFRAIN. Toi qui repose , etc.

Dans la sombre et triste vallée,
Où tu vis couler tant de pleurs ,
Albigeois, l'âme désolée ,
Elève un temple à tes malheurs ,
Les bons enfants du tour de France
Pour honorer ton dévouement ,
Y viendront redire en silence ,
Les mots du mystique serment.

———

Aux Compagnons du tour de France.

FRÈRES ,

Lorsque nous sentons les bornes de notre nature finie , et que ne pouvant suffire seuls au bien que notre beau devoir voudrait faire , rassemblons-nous dans nos temples , pour y voir le faisceau sacré des bienfaits qui nous unit , et concourons efficacement aux plans et aux réformes utiles que l'association compagnonnique nous présente , et qu'elle réalise, félicitons-nous d'être membres de la grande famille, protecteurs d'un devoir si mal compris d'une simple minorité , dont l'ignorance et l'intolérance ont toujours été fatales aux progrès amis des vrais compagnons du tour de France.

Goûtons les doux fruits de nos forces combinées vers un but collectif, et concentrées sur un même devoir, alors nos ressources se multiplieront et nous nous aiderons à ramener dans le sein de nos sociétés, les hommes que des rixes cruelles et de sauvages mœurs en avaient écartés par esprit de tolérance et d'humanité, ce n'est que par ce moyen humain que nous ferons mille heureux au lieu d'un, et que nos vœux seront couronnés par la pitié reconnaissante.

Aimons tous nos frères les travailleurs, et tous les compagnons des divers devoirs, ne leur faisons jamais ce que nous ne voudrions pas qu'on nous fît; servons-nous du don sublime de la parole doctrinaire que nous transmirent nos sages fondateurs, pour aller au-devant de nos ennemis, et pour exciter dans tous les cœurs le feu sacré de la vertu! Soyons affables et officieux, édifiés par notre exemple, partageons la félicité d'autrui sans jalousie. Ne permettons jamais à l'envie de s'élever un instant dans notre sein, elle troublerait la source pure d'où découlent nos institutions compagnoniques; et notre âme serait en proie à la plus triste des furies.

Pardonnons à ceux qui nous méconnaissent et nous oppriment, et ne nous en vengeons que par des bienfaits; ce sacrifice généreux dont nous devons le sublime précepte à notre ordre sacré, nous procurera les plaisirs les plus purs et les plus délicieux, et jonchera de fleurs qui ne s'étioleront jamais les routes de notre brillant tour de France. Nous redeviendrons la vive image de notre fondateur qui pardonna avec une bonté céleste les offenses des ingrats et les combla de grâces malgré leur ingratitude ; rappelons-nous donc toujours que c'est là le triomphe le plus beau que la raison (émanant de notre beau devoir) puisse obtenir sur l'instinct , et que le vrai compagnon oublie les injures et les avanies , mais jamais les bienfaits.

En nous dévouant au bien du compagnonnage , n'oublions point notre propre perfection et notre instruction intellectuelle , et ne négligeons pas de satisfaire les besoins de notre morale , descendons souvent dans notre cœur pour en sonder les réplis les plus cachés, la reconnaissance de soi-même est le grand pivot des préceptes compagnonniques.

Que de mœurs chastes et sévères soient nos compagnes inséparables et nous rendent respectables aux yeux de nos chers aspirants ; que notre âme soit pure , droite , vraie et humble, l'orgueil est l'ennemi le plus dangereux du compagnon , il l'entretient dans une confiance illusoire de ses forces et de ses capacités. Que notre bouche n'altère jamais les pensées secrètes de notre cœur , qu'elle en soit toujours l'organe vrai et fidèle , un enfant de la grande famille qui se dépouillerait de la candeur pour prendre le masque de l'hypocrisie et de l'artifice serait indigne d'habiter avec nous, et semant la méfiance et la discorde dans nos paisibles assemblées, il en deviendrait bientôt l'horreur et le fléau.

Parmi les sociétés compagnoniques, ou d'autres dites de bienfaisance qui existent sur le tour de France, nous nous sommes choisis par un vœu libre celle dite : des devoirants, enfant de maître Jacques, dont nous reconnaissons tous ceux qui portent ce nom pour frères, mais n'oublions jamais que tout ouvrier, de quelque communion, pays ou condition qu'il soit, en nous présentant sa main droite, symbole de la franchise fraternelle, a des droits sacrés à notre assistance et à notre amitié, fidèles aux vœux de la nature, qui fut l'égalité, nous devons rétablir dans nos lois les droits originaires de la famille humaine, et ne sacrifier jamais aux préjugés populaires, attendu que le niveau sacré assimile sur le tour de France, tous les divers corps-d'état.

Que la canne modeste et allégorique, et les nobles couleurs aux emblèmes touchants qui décorent notre sein sur les champs de conduite, et les autres jours solennels où nous mettons en usage tous les attributs de nos cérémonies emblématiques, ne nous fassent jamais oublier qu'un probe et digne compagnon ne doit marcher portant ces signes distinctifs, qu'avec l'escorte de ses vertus, en cédant le pas aux plus vertueux et aux plus éclairés.

Ne rougissons jamais en public d'un aspirant simple , inhabile , mais intègre et honnête , que dans mainte ville du tour de France , en nous faisant la conduite , nous avons embrassé comme frère quelques mois auparavant, attendu que l'ordre du devoir rougirait de nous à son tour , et nous renverrait avec notre orgueil pour l'étaler sur les théâtres vaniteux du monde. — Dans le cas contraire , si l'aspirant est en danger , le compagnon doit voler à son secours , et ne pas craindre d'exposer pour lui sa vie, s'il est dans le besoin , il ne doit point lui refuser l'obole plébéienne en se réjouissant d'en faire un emploi aussi satisfaisant ; attendu que nous avons juré à la face de l'éternel d'exercer notre bienfaisance envers tous les aspirants et tous les travailleurs en général.

Lorsqu'un aspirant qui croit d'avoir raison, tombe dans l'erreur et s'égare , allons à lui avec les lumières du sentiment, de la raison, de la persuasion ; Ramenons à la vertu tous ceux qui chancellent et relevons ceux qui sont tombés.

Tout ce que l'esprit peut concevoir de bien est le patrimoine des compagnons qui font leur tour de France pour s'instruire dans les arts et métiers utiles au genre humain ; regardons la misère impuissante des apprentis industriels qui s'efforcent de vaincre tous les obstacles pour arriver à l'apogée des heureux talents qui recoivent pour

prix, la couronne compagnonnique ; et nous ver-
rons qu'elle réclame notre appui ; considérons l'i-
nexpérience funeste de leur jeunesse , elle sollicite
nos conseils : mettons notre félicité à la préserver des
erreurs et des séductions qui la menaçent : excitons
en elle les étincelles du feu sacré du génie , et aidons
à les développer pour le bonheur du progrès et de
l'humanité ; tout ouvrier aspirant, faible dans sa
partie, qui réclamerait (comme nous disons en ter-
mes vulgaires) un petit coup de main , gardons-nous
de le lui refuser , n'attendons pas que les cris per-
çants de l'incapacité et de la misère nous sollicitent ;
prévenons et rassurons son ardente volonté , quoi-
que nous apparaissant sous une face timide , n'em-
poisonnons pas , par l'ostentation de nos petits
services , les sources d'eau vive où l'aspirant inhabile veut se désaltérer ; ne cherchons pas la récom-
pense de notre bienfaisance dans les applaudis-
sements des nombreux sentiers et ateliers du tour de
France ; l'honnête compagnon la trouve dans le suf-
frage tranquille de sa conscience, et dans le sourire
fortifiant du sage fondateur qui nous rendit déposi-
taires de ses bienfaisantes lois , sous les yeux des-
quelles nous nous sommes placés.

Que l'esprit de notre beau devoir soit éclairé par
la justice , la sagesse et la prudence ; notre cœur
voudrait embrasser les besoins de l'humanité entière;
mais notre amour pour le bien-être de tous les com-

pagnons en général doit choisir les plus pressants
et les plus importants. Instruisons, conseillons,
protégeons, donnons, soulageons tour à tour, ne
croyons jamais avoir assez fait ; et ne nous reposons
de nos œuvres que pour montrer une nouvelle éner-
gie, en nous livrant ainsi aux élans de cette passion
sublime, une source intarissable de jouissances s'ap-
prête pour nous ; nous aurons dans nos assemblées
l'avant-goût de la félicité du royaume de Dieu qui
commence d'arriver sur ce brillant tour de France
qui ne fut pendant des siècles entiers qu'un immense
théâtre de rixes cruelles, teint de notre sang précieux
et arrosé de nos larmes amères.

Il est surtout une loi dont nous avons promis à la
face des cieux la scrupuleuse observance ; c'est celle
du secret le plus inviolable sur nos mystères, cérémonies, signes, et la forme de notre association.
Gardons-nous de croire que cet engagement est
moins sacré que les serments que nous jurâmes dans
la société civile ; nous fûmes libres en les prononçant ;
mais nous ne le sommes plus de rompre le secret qui
nous lie ; l'ombre bienfaitrice que nous invoquâmes
comme témoin l'a ratifié ; nous n'échapperions jamais au supplice de notre cœur, et nous perdrions
l'estime et la confiance d'une société nombreuse qui
aurait droit de nous déclarer sans foi et sans honneur.

PAROLES

DE

BOURGUIGNON–LE–MODÈLE–DES–VERTUS

**Quelques instants avant sa mort , s'adressant à
son compagnon d'exil.**

Triste et courbé sous le poids du malheur,
Je m'en allais sur la terre étrangère,
Je quittai tout, amis, patrie, et mère,
Cherchant envain de repos pour mon cœur,
De spectres aux sombres voiles,
Venaient troubler mon sommeil,
Mes nuits étaient sans étoiles,
Mes jours étaient sans soleil.

2.

Si quelquefois sur les bords du torrent,
Où sans retour le destin nous entraîne,
Apparaissait de l'ombre sous un frêne,
Ce n'était pas pour un vrai devoirant,
Il n'avait, lui, pour partage,
Que l'exil et ses douleurs,
L'image de ses couleurs,
Et son beau compagnonnage.

Que j'ai souffert, Beaujolais tu le sais,
Toi seul a pu compter toutes mes larmes,
Ton doux regard a pu voir mes alarmes,
Et seul, ton cœur en a compris l'excès,
Malgré tes soins que j'honore,
Sollicitudes, amour,
Je n'ai pu voir d'un beau jour
Pour moi se lever l'aurore.

Oh ! que je t'aime , ami consolateur,
Venu pour moi du brillant tour de France,
Pour partager cette triste existence,
Dont je devais seul souffrir la noirceur,
Souris-moi cher Isidore,
Ton sourire est gracieux
Comme dans l'azur des cieux,
Le sourire de l'aurore.

Parle-moi donc de l'esprit de nos lois,
Ce nom chéri flatte plus mon oreille,
Que les accents du ramier qui réveille
L'écho plaintif du rivage ou du bois ;
Telle une brillante lyre,

Qui trente ans nous a charmés,
Sous les doigts du Bien-aimé, 1
Harmonieuse soupire.

Oh ! donne-moi ce baiser précieux,
Ce doux baiser donné par le Grand-Maître,
Il n'est que lui qui nous fasse connaître
Des sentiments qui nous viennent des cieux.
Oui, mon ame confondue,
A l'aspect de ta bonté,
Dans des flots d'humanité,
En ton ame s'est fondue.

Et maintenant, mon Dieu ! si mes jours,
Devaient heureux couler sur ce rivage,
Pensant toujours, au beau compagnonnage,
Eh bien, mon Dieu, j'y resterai toujours.
Pourvu que la destinée,
De cet ami fraternel,
A mon sort triste et cruel,
Ne soit jamais enchaînée.

Mais pour nos cœurs dans ce triste séjour,
Terre de pleurs , ténébreuse et maudite,
Entendons-nous sur les champs de conduite,
De doux refrains de concorde et d'amour ?
Non, jamais pour nous surprendre,
Nos pays n'y viennent pas,
Le bruit léger de leurs pas,
Ne s'y fait jamais entendre.

1 Parisien-le-bien-aimé.

Cher Beaujolais reçois-moi dans tes bras
Voici venir bientôt ma dernière heure
A mes côtés mon seul ami demeure,
Je t'en conjure, oh ! ne me quitte pas,
Attends donc que de ma vie,
Le trépas brise les nœuds,
Et pour vivre plus heureux,
Va rejoindre ta patrie.

Sa plainte à l'Éternel.

C'était l'heure du soir, au bout de sa carrière,
L'astre du jour d'un reflèt de lumière,
Pâle dorait les bords lointains des cieux,
Timide encore au fond de la vallée,
Et lentement d'un clair tissu voilée,
La nuit glissait son pas silencieux.

Sous un cyprès des bois du Nouveau-Monde,
Un exilé, les yeux fixés sur l'onde,
De ses malheurs en accusait le sort,
De pleurs brûlants la paupière mouillée,
Il tressaillait au bruit de la feuillée,
Et de ses bras , il invoquait la mort.

Abrége donc cette vie éphémère,
Disait un homme au cœur franc, mais sévère,
Dieu ! de mes jours daigne trancher le fil,
Entend la voix du mortel qui te prie
De l'envoyer dans sa belle patrie
Le rappelant des rives de l'exil.

Grâce à mon cœur, la coupe est trop amère,
Depuis douze ans éloigné de ma mère,
Je ne l'ai plus pour m'aider à souffrir,
A ma douleur je sens que je succombe,
Bientôt hélas ! dans la nuit de la tombe,
Sans la revoir Clothon va m'engloutir.

Cher Beaujolais digne ami d'infortune,
Toi qui voulus faire cause commune,
Pour alléger le poids de mon fardeau,
Reviens ! reviens ! au lieu qui t'a vu naître,
Apprendre encor les leçons du Grand-Maître
Dont les vertus ont creusé mon tombeau.

Sur cette terre il est bien de souffrances,
Bien des désirs et bien peu d'espérances,
Combien de pleurs dans l'ombre répandus,
Oh ! que de maux, que de plaintes amères.
Que de soupirs en des lieux solitaires
Qui des mortels ne sont pas entendus.

SA MORT.

Et ses dernières volontés.

Sur les lieux où le sort de son doigt inflexible,
Avait marqué ma tombe en caractère horrible,
Avant que de goûter son repos éternel,
Viens, frère, recevoir mon baiser fraternel,
Viens ! avant que ta main ne ferme ma paupière,
Connaître d'un ami la volonté dernière,
Ainsi lorsqu'à mes yeux l'impitoyable mort.

Etalera l'effroi de son hideux abord,
Surmonte ta douleur, reste calme, impassible ,
N'afflige point envain ton cœur bon, et sensible,
De lui, je ne veux rien que d'éternel regrets,
De mes derniers instants, c'est l'un de mes souhaits,
Et quand mon corps sera descendu dans la terre,
Couvre-le, car ta main me la rendra légère,
Ce devoir accompli va, pars, quitte ce lieu,
Laissant à ma dépouille un éternel adieu,
Va plus heureux que moi reviens dans la contrée,
Où tu pourras revoir, une mère éplorée ,
Un père infortuné qui pleure un tendre fils,
Victime des rigueurs qu'exerce Némésis ,
Oh! quand tu fouleras le sol qui t'a vu naître,
Que tous nos devoirants viendront te reconnaître,
Pour t'offrir cet amour qu'on ne peut refuser,
Donne-leur avant tout mon mystique baiser ,
Dis-leur qu'éloigné d'eux j'ai terminé ma vie,
Dans de vives douleurs produites par l'envie,
Dis-leur que j'enviais au moment solennel,
De jetter un regard sur leur sein fraternel,
Oh! dis-leur encore plus : dis leur que je regrette,
De ne point recevoir cette pieuse dette,
Que reçoit à sa mort le digne compagnon,
Qui des filles des cieux 1 a révéré le nom,
Ecoute, car je vais dans l'instant éphémère,
Pour la dernière fois te parler de ma mère,
De ce foyer brûlant d'amour et d'amitié,

---

1 Des vertus.

Qu'un destin rigoureux m'arrache sans pitié,
Si conservant l'espoir de me revoir encore,
Elle avait surmonté le mal qui me dévore,
Dis-lui que de l'exil les sauvages échos,
De prononcer son nom n'avaient point de repos,
Qu'en implorant du ciel la bonté tutélaire,
Je le mêlais toujours à mon humble prière,
Que n'ayant point perdu son touchant souvenir,
Ma bouche l'exprimait à mon dernier soupir,
Au père malheureux dont l'austère sagesse,
L'inspirait pour former l'esprit de ma jeunesse,
Dis-lui, bien cher ami, qu'à l'heure de ma mort,
D'avoir terni ses jours j'en accusais le sort,
Et que de l'empirée où je vais prendre place,
Je verserai sur eux un bien que rien n'efface,
Surmonte Beaujolais, ta grande affliction,
Car je vais te donner ma bénédiction,
Bientôt je ne suis plus : la fileuse terrible,
Va trancher de mes jours le fil tendre et sensible:
Puisqu'il faut que je meure, adieu Pilade adieu!!!
J'emporte ton amour dans le sein de mon dieu,
Adieu chers aspirants, adieu beau tour de France,
Adieu, vous qui croyez à la reconnaissance,
Adieu vrais compagnons, amis des douces mœurs,
Recevez mon baiser, le dernier, dieu! je meurs......

DEUIL, ET RECONNAISSANCE

Poëme en huit chants.

———

CHANT PREMIER.

Compagnons, suspendez un moment vos plaisirs,
Pour donner aux regrets des pleurs et des soupirs,
La mort vient de porter à votre âme ulcérée,
Un coup qui retentit dans l'enceinte sacrée,
Il n'est plus! ce mortel fidèle au beau devoir,
Ce glorieux martyr d'un occulte pouvoir,
Ce digne compagnon qui sut remplir sa tâche,
En épargnant le sang que convoitait un lâche,
Il n'est plus! et bien loin de ses frères en deuil,
Il gît dans le silence et le froid du cercueil.
Salut! manes chéris! salut! ombre céleste,
Thémis armant ton bras du fer vengeur d'Oreste,
Avait en ranimant ton courage abattu,

Fait naître dans ton cœur cette mâle vertu,
Qui devait en vengeant, le devoir et le temple,
Laisser à l'avenir un grave et juste exemple,
Qui doit glacer d'effroi, de honte et de terreur,
Tous ces vils rénégats inspirés par l'horreur ;
Disciples odieux de la noire souillure,
Ministres des autels de l'hideuse imposture,
Oui, tremblez ! apostats, son ombre vous poursuit,
Prête à vous opposer la fille de la nuit,
Et vous, dignes enfans de la vieille Judée,
Qui de son triste sort avez l'âme obsédée,
Vous ! tous, qui comme lui possédez dans le cœur,
Un bien que vous légua le sage fondateur,
Appaisez, pratiquant ses vertus aromanes,
D'un frère infortuné les pitoyables mânes,
Dans de lointains climats, errants et fugitifs,
Ils vous envoient des cris, attendris, et plaintifs,
C'est à vous, mes amis ! redisent-ils sans cesse,
A vous qui connaissez tout le mal qui m'oppresse,
Qui des bords de la tombe où j'implore le ciel,
Que je lègue la coupe où je bus tant de fiel,
C'est pour vous, pour l'honneur du devoir qui nous lie,
Que j'en pressais les bords buvant jusqu'à la lie,
Puissiez-vous, chers pays, compagnons que j'aimais,
La conserver toujours et n'y boire jamais,
Devoirant, cette voix a traversé l'abyme,
Pour venir de nouveau réclamer votre estime,
Ne la refusez pas au glorieux martyr,
Qui mourut en exil exempt de repentir,
A son vœu de mourant dressez un cénotaphe,

Le burin produira la modeste épitaphe,
L'urne lacrimatoire où vont couler vos pleurs,
C'est à vous, à l'orner de funèbres couleurs,
Compagnons! approchez de l'humble sarcophage,
Venez par trois saluts, rendre un sincère hommage,
Au mânes irrités, d'un frère, d'un ami,
Dont votre ordre sacré par lui fut affermi,
Les rayons lumineux d'une étoile brillante,
Rendront pour le malheur votre âme édifiante,
La douce humanité portera vers les cieux,
De vos sages leçons les fruits mystérieux,
L'éternel vous comprend, ses anges séraphiques,
A vos hymnes pieux mêleront leurs cantiques,
Et la sainte pitié partageant votre deuil,
Du portique du temple en franchira le seuil.
Toi qui de la sagesse aime à suivre l'exemple,
Provençal? 1 ouvre-leur la porte de son temple,
A ta fidèle voix tu verras accourir,
D'humains officieux, tout prêt à concourir,
Aux devoirs médités par ta reconnaissance,
Pour payer un tribut à la mort qui t'offense,
Ciel! que vois-je accourir; Va-sans-crainte-Messin,
Compiègne-l'espérance instruit de son dessein,
Le suit pour assister au funèbre cortége,
Laissant flotter au vent ses cheveux blanc de neige,
Sur le sein du veillard une immortelle fleur,
Paraît pour exprimer l'excès de sa douleur,
Sa canne qui du tour connait l'itinéraire,

---

1 Castillon dit Provençal-l'exemple-de la-sagesse.

Ne présente à nos yeux qu'un crêpe funéraire,
Et ses belles couleurs aux emblêmes touchants,
N'ont plus le vif éclat qu'elles ont sur les champs.

CHANT DEUXIÈME.

Voici venir à nous les enfants de Provence,
L'Ami-des-arts , Franc-cœur, Marseillais-la-constance,
L'Aimable-vertueux , 1 André-le-Bien-aimé ,
Viennent avec le deuil sur leur front imprimé.
La Douceur, Cœur-sincère, et l'Ami-de-la-gloire ;
Le Soutien-du-devoir, Beau-désir, 2 la Victoire. 3
Le Bien-aimé-du-tour, Couronné, le-vengeur, 4
Recevront pour leur zèle un accueil louangeur,
L'Ami-du-droit, Sans-Crainte, et la Bonne-conduite,
Du funèbre convoi viennent grossir la suite,
Bien-aimé-du-devoir, Toulonnais-l'Ile-d'amour,
Provençal-la-Constance ; arrivent à leur tour,
Pour rendre au souvenir de leur malheureux frère,
Les honneurs qu'il n'eut pas sur un autre hémisphère.
La Vertu, 5 Bel-amour, et la Fidélité,
Terrain, l'Amour-fidèle, et la Tranquillité ,
Le Soutien-des-Couleurs, 6 Marseillais-la-sagesse,
Se présentent à nous, d'un air plein de tristesse,

---

1 Anesin. 2 Kiéger. 3 Romanille dit Provençal-la-victoire. 4 Tous les
noms de compagnons de ce deuxième chant qui ne se trouvent pas notés
par un renvoi pour citer le nom de leur ville, pourront être considérés
comme appartenant à la Provence. 5 Carpentras. 6 Toulonnais, Cristinel,
père des compagnons cordonniers et bottiers de la ville de Toulon.

Le Bien-aimé-du-tour, 1 Olivier-la-douceur,
Morel de Draguignan nommé Va-de-bon-cœur,
Carles-la-bienfaisance, ayant l'âme oppressée
S'empressent d'obéir aux ordres de Phocée,
Salut à vous, pays, qui reçûtes le jour,
Où le reçut jadis l'objet de notre amour,
Salut au sol baigné par les pleurs de l'aurore,
Salut aux doux parfums des fleurs qu'il fait éclore.

CHANT TROISIÈME.

Digne enfant de Pallas 2 pour protéger ses lois,
Dans le grand Languedoc fais entendre ta voix,
Sensibles aux bienfaits de la cérémonie,
Tu verras avancer les fils d'Occitanie,
Voici déjà venir la Parfaite-amitié,
Nous prouver que pour tous Dieu créa la pitié,
Montpellier-bon-accord, Toulouse-la-constance,
Et le barde chéri du brillant tour de France,
Carcassonne un moment a déposé son luth
Pour venir aux regrets présenter son salut,
Le Soutien-du-devoir, le Juste, la Sagesse,
Savent un jour de deuil accomplir leur promesse.
Bel-amour, Bon-accord, Toulouse-noble-cœur,
Le Soutien-de-la-canne, et l'Ami-de-l'honneur, 3
Narbonne-la-constance, et la Belle-conduite, 4

---

1 Cartier de Draguignan. 2 Castillon dit Provençal-l'exemple-de-la-sagesse. 3 Béziers. 4 Carcassonne.

Aux mânes d'un ami viennent rendre visite,
Franc-cœur, l'Ami-du-droit, Languedoc-l'estimé,
Le Soutien-des-couleurs 1 Toulouse-bien-aimé,
Languedoc-va-sans-crainte et la Belle-prestance,
Castres-laurier-d'amour, le Constant, l'Espérance,
La Gloire-du-devoir, l'Exemple-de-l'honneur,
La Conduite-jolie, et puis Va-de-bon-cœur, 2
Vers nous hâtent leurs pas, animés d'un vrai zèle
Tous ont bien reconnu la voix qui les appelle
Clef-des-cœurs-de-Toulouse, et la Fidélité,
Castres-le-résolu, Montpellier-la-gaieté,
L'Exemple-de-Minerve, 3 Albigeois-la-couronne,
Et l'Ami-de-la-gloire, enfant de Carcassonne,
Aux lois du beau devoir ne sachant qu'obéir,
Dans un temple sacré viennent se recueillir,
Le Juste, 4 le Franc-cœur, Languedoc-la-constance,
Castres-le-bien-aimé du brillant tour de France,
L'Estimé-du-devoir, et le Fier-courageux, 5
De la Vertu l'exemple, et le Cœur-généreux,
Delhé dit Bien-aimé, 6 Montpellier-la-couronne,
Obéissent sitôt que la sagesse ordonne
Toulouse-la-prudence, Albigeois-la-bonté,
Bien-aimé Carcassonne, et la Fidélité 7
Tarroux, dit Albigeois-l'ami-de-la-vraie-gloire,
Et Castres-la-franchise à l'œuvre obligatoire,
Avec humilité s'empressent d'accourir,
Pour honorer celui qui pour nous sut mourir.

---

1 Toulouse. 2 Montpellier. 3 Lodève-l'exemple-de-la-sagesse. 4
Albigeois. 5 Toulouse. 6 Béziers. 7 Castres.

Le Résolu-d'Albi, l'Exemple-de-Minerve 1
Viennent en se tenant dans une humble réserve
Le Courageux-fidèle, 2 et l'Aimable vertu,
S'avancent laissant voir un courage abattu,
Le sage Cœur-sincère, enfant de Carcassonne,
Et l'Ami-de-l'honneur, 3 lui dont l'ame est si bonne,
Arrivent en portant la couronne de fleurs
Qui doit couronner l'urne où couleront nos pleurs
L'ami-du-vrai-courage, 4 et l'Aimable-conduite, 5
Savent doubler le pas quand l'honneur les invite.
Toulouse-la-victoire, et la Fidélité, 6
Castres-ami-de-la-gloire, et la Sincérité,
Le Soutien-de-la-canne, 7 et la Réjouissance,
Montauban-la franchise, et puis la Bienfaisance, 8
Accourent tristement vers le réduit en deuil,
Pour venir méditer près de l'humble cercueil.
Le Devoirant-fidèle, 9 et l'Ami-du-courage, 10
Viennent pour saluer l'ombre et le sarcophage,
Vivarais-cœur-sincère, et la Rose-d'amour, 11
Pour l'office funèbre arrivent à leur tour,
L'Exemple-de-Minerve, 12 et la Noble-franchise, 13
Obéissent aux lois de la terre promise, 14
L'Ami-des-compagnons, Rouergue-bon-accord,
S'avancent pour payer un tribut à la mort.

---

1 Albigeois-l'exemple-de-la-sagesse. 2 Montauban. 3 Toulouse. 4
Carcassonne-l'ami-du-courage. 5 Albigeois 6 Toulouse. 7 Castres. 8
Toulouse. 9 Vivarais. 10 Vivarais. 11 Vivarais. 12 Vivarais-l'exemple-de-
la sagesse. 13 Rouergue. 14 De la Judée.

CHANT QUATRIÈME.

Castillon 1 que ta voix se fasse encore entendre ,
Les Comtois réunis sauront tous te comprendre ,
Fidèles aux statuts de notre beau devoir ,
Des insignes de deuil ils sauront se pourvoir ;
Voici l'Ile-d'amour le premier qui s'avance , 2
Suivi du Bien-aimé du brillant tour de France ,
L'ami-des-compagnons , Bel-amour , l'Estimé ,
Le Soutien-des-couleurs , du Devoir-bien-aimé ,
De la Vertu-l'exemple , et l'Aimable-conduite ,
Les suivent pour d'un bien partager le mérite ,
Le Courageux-fidèle, et l'Ami-de-l'honneur ,
L'Ami-de-la-vraie-gloire , et puis Va-de-bon-cœur ,
Viennent se présenter dans le temple d'Astrée ,
Pour y payer du cœur une dette sacrée ,
Francœur , le Courageux et la Fidélité ,
Brin-d'amour , la Couronne et la Sincérité ,
Réunion des cœurs , modèle du courage ,
Nous apportent du deuil un touchant témoignage ,
Perpignan Bien-aimé , Bel-amour , 3 Clef-des-cœurs , 4
Viennent pour assister aux funèbres honneurs.
Le Soutien-de-la-canne 5 et la Belle-conduite , 6
Des compagnons humains viennent former l'élite ,
La Victoire 7 Francœur , Basque-la-fermet é,
Le Loyal, 8 la Couronne 9 et la Tranquillité , 10

---

1 Provençal-l'Exemple-de-la-Sagesse. 2 Faraud père des compagnons cordonniers et bottiers de Valence en Dauphiné. 3 Comtois. 4 Perpignan. 5 Béarnais. 6 Comtois. 7 Lambert Béarnais. 8 Béarnais. 9 Béarnais. 10 Bagnères.

Vers l'humble monument s'empressent de se rendre ,
Pour effeuiller les fleurs que leurs mains vont répandre.
Périgord-bien-aimé , Moissac-la-clef-des-cœurs ,
Bordelais-l'obligeant , le Soutien-des-couleurs, 1
L'Ami-de-la-vraie-gloire 2 et la Noble-franchise , 3
Viennent pour écouter la voix qui moralise ,
Va–sans–crainte , 4 Franc-cœur , l'Ami-des-compa-
           gnons, 5
S'avancent pour goûter le fruit de nos leçons ,
Bordelais–bien–zélé , le Courageux-fidèle , 6
Viennent des feux moraux recueillir l'étincelle.
Le Secret-du-devoir 7 l'Aimable-vertueux , 8
La Gloire-de-l'honneur 9 et le Victorieux , 10
La Parfaite-union 11 Bien-aimé , 12 la Prudence , 13
Gascon–le–bien–aimé du brillant tour de France ,
Le Soutien-du-devoir , 14 Gascon-l'humanité ,
De l'Honneur-le-modèle 15 et la Fidélité , 16
L'Ami-des-compagnons, 17 du Devoir-la-Couronne, 18
Et le Cœur-de-lion, digne enfant de Bayonne ,
Bien aimé , 19 Brin-d'Amour 20 et puis le Bon-sou-
           tien 21
Viennent pour resserrer le fraternel lien.
Chantre-la–clef-des-cœurs 22 Montauban-la-franchise ,
De leur présence ici , nous gardent la surprise ,

---

1 Périgord. 2 Barbezieux. 3 Périgord. 4 Bordelais 5 Barbezieux. 6
Périgord. 7 Moissac. 8 Bordelais. 9 Agenais. 10 Bordelais. 11 Tonneins.
12 Bordelais 13 Agenais 14 Agenais (Villeneuve), père des compagnons
cordonniers et bottiers de Paris 15 Périgord. 16 Bordelais. 17
Agenais 18 Agenais. 19 Moissac 20 Gascon. 21 Agenais. 22 Périgord.

3.

Le Courageux-fidèle 1 et Gascon-la-douceur ,
Bien-aimé-du-devoir 2 Laurier-d'amour , 3 Francœur , 4
Périgord-la-prudence et la Belle-conduite , 5
Se rendent dans le temple où le sage médite ,
Gascon-va-de-bon-cœur et la Belle-union , 6
Viennent pour avoir part à la belle action.
Les Deux-amis-du-droit , 7 Agenais-la-Prudence ,
Le Soutien-des-couleurs , 8 Limousin-la-constance ,
L'ami-du-beau-devoir , 9 Gascon-le-bien-aimé ,
L'Exemple-de-Minerve 10 et Tarbes-l'estimé ;
S'avançent , observant de la candeur aimable ,
Les mœurs qu'elle créa pour l'homme sociable.

CHANT CINQUIÈME.

Provençal 11 de nouveau fais entendre ta voix ,
Pour reveiller l'écho de l'antique Angoumois,
Saluons la Charente et ses rives fleuries ,
Saluons leur silence et leurs allégories,
Saluons la cité du nouveau Moria ,
Où grandit pour nous tous un jeune accacia ;
En étalant du deuil le noir et triste emblème,
Invite les enfants de la belle Angoulême ,
A venir partager les éternels regrets ,
Dont la source en nos cœurs ne tarira jamais.

1 Gascon. 2 Agenais. 3 Gascon. 4 Bordelais. 5 Gascon. 6 Gascon. 7 Montauban et Vivarais 8 Limousin. 9 Tarbes. 10 Bayonnais-l'exemple-de-la-sagesse 11 Castillon dit Provencal-l'exemple-de-la-sagesse.

Compte sur leurs vertus , leur âme compatible ,
Aura toujours du bien la soif inextinguible ,
Voici déjà venir Angoumois-bon-accord ,
Il vient pour d'un ami pleurer le triste sort,
Le Soutien-des-couleurs , 1 Bodet-la-confiance ,
Angoumois-bien-aimé du brillant tour de France ,
L'ami-des-compagnons , l'Ile-d'amour, Bien-zélé,
S'avancent lentement vers le lieu désolé ,
Le Devoirant-fidèle et Jarnac-la-couronne ,
Vont cacher leur douleur derrière une colonne.
Réunion-des-cœurs et les Trois-bien-aimés, 2
Que l'amour du devoir tient toujours animés.
L'Exemple-de-Minerve 3 et l'Ami-du-courage , 4
De leur tendre amitié viennent donner le gage ,
Le Soutien-du-devoir, 5 Franc-cœur, 6 Laurier-d'amour, 7
Modèle-des-vertus , 8 le Bien-aimé-du-tour , 9
De l'austère Pallas , véritable modèle , 10
L'Ami-du-noble-honneur 11 le Vertueux-fidèle , 12
Saintonge-la-franchise et la Fidélité , 13
L'ami-de-la-vraie-gloire 14 et la Sincérité , 15
Décidé, 16 Courageux , 17 la Douce-bienfaisance 18
Apportent leur tribut à la reconnaissance.
Poitevin , Rochelais , ces aimables vertus 19
Viennent avec l'éclat dont ils sont revêtus.

---

1 Angoumois. 2 Thibaut. Jean et Manein. 3 Cognac-l'exemple-de-la-Sagesse. 4 Saintonge. 5 Saintonge. 6 Rochefort 7 Saintonge. 8 Gatinais. 9 Rochefort 10 Saintonge-le-modèle-de-la-sagesse. 11 Lorientais-l'ami-de-l'honneur. 12 Rochelais. 13 Angoumois. 14 Gatinais. 15 Bayonnais. 16 Lorientais-le-décidé. 17 Gatinais-le-courageux. 18 Lorientais-la-bien-faisance. 19 Rochelais et Poitevin-la-vertu.

Poitevin-noble-cœur et la Noble-franchise , 1
De pure humanité chacun d'eux rivalise.
L'alliance-des-cœurs , 2 Poitevin-l'estimé ,
Pertia-cœur-de-lion 3 et Boutin-bien-aimé , 4
Poitevin-noble-cœur, et l'Ami-de-la-gloire , 5
S'avancent en fixant l'urne lacrimatoire.
Poitiers-le-couronné, les Deux-roses-d'amour , 6
Le Soutien-des-couleurs 7 le Bien-aimé-du-tour , 8
Poitevin-beau-désir , l'Exemple-de-Minerve, 9
Nous montrent la pudeur que la loi nous observe.
Napoléon-l'ami-du-véritable-honneur ,
Et la Bonne-Conduite 10 et Rochelais-franc-cœur,
Sans-gène 11 , Décidé , 12 Berry-la-bienfaisance ,
Poitevin-bien-aimé du brillant tour de France ,
La Bonté 13 , Clef-des-cœurs 14 et la Tranquillité , 15
Soutien-des-compagnons , 16 Poitou-la-liberté ,
Bien-aimé-du-devoir , 17 de l'Honneur-le-modèle, 18
Ont reçu dans leur âme une atteinte cruelle ;
Et leur cœur mutilé par le fatal ciseau
Frémit au souvenir du sinistre fuseau.
Si l'écho de ta voix traversant la campagne ,
Est allé faire appel aux enfants de Bretagne ,
Les fils de la Touraine instruits de ton dessein ,
Vont venir à leur tour te presser sur leur sein ,

---

1 Poitevin. 2 Poitevin. 3 Poitevin. 4 Poitevin. 5 Poitevin. 6 Napoléon-ville et Poitevin. 7 Lorientais. 8 Poitevin-le bien-aimé du tour de France. 9 Rochelais-l'exemple-de-la-sagesse. 10 Poitevin. 11 Berry. 12 Berry. 13 Poitevin.14 Poitevin. 15 Poitevin. 16 Poitevin. 17 Sablais. 18 Rochelais.

Leur bonne volonté qui jamais ne transgresse,
Reconnaîtra toujours l'ordre de la sagesse,
Provençal ? Vois Nantais, l'Aimable-vertueux,
Suivi de la Victoire 1 et du Cœur-généreux, 2
De la Rose-d'Amour, 3 de Nantais-l'espérance,
Et des Deux-bien-aimés du brillant tour de France, 4.
Le Vertueux-fidèle 5 et l'Ami-de-l'honneur, 6
La Conduite-jolie 7 et Nantais-la-douceur,
Rennois-la-fermeté, Breton-l'amour-fidèle,
Et Nantais du courage agréable modèle,
Sablais le bien-aimé de notre beau devoir,
De leurs tendres regrets sauront nous émouvoir,
Breton-la-liberté, le Bon-cœur 8, la Constance 9
Rennois-l'ami-du-droit, la Douceur, 10 la Prudence, 11
Le Sans-rémission 12 et les Trois-décidés 13
Par un regret cruel paraissent obsédés.
Cher Breton-l'estimé ne crains pas que j'oublie,
Le touchant souvenir qui dès-longtemps nous lie,
Au bienfaisant appel je te vois arriver,
Pour montrer les vertus que tu sais captiver.
Les enfants de l'Anjou vers le temple s'avancent,
Pour atteindre les pas de ceux qui les dévancent,
Voici l'Amour-fidèle 14 et les Deux-nobles-cœurs, 15
La Gloire-du-devoir, 16 le Soutien-des-couleurs, 17
Angevin-la-sagesse et la Belle-prestance, 18

---

1 Nantais. 2 Nantais. 3 Nantais. 4 Nantais et Brestois. 5 Nantais.
6 Réseau Nantais. 7 Nantais. 8 Nantais. 9 Nantais. 10 Nantais. 11 Breton. 12 Le père Malle. 13 Rennois, Breton et Nantais. 14 Saumur. 15 Angevin et Saumur. 16 Saumur. 17 Angevin. 18 Saumur.

Saumur-le-cœur-sincère 1 et la Reconnaissance , 2
L'Ami-de-la-vraie-gloire 3 et la Fidélité , 4
Bien-aimé 5, la Vertu 6 , Saumur-la- liberté ,
La Franchise , Beau-fort , enfant de Polymnie ,
Viennent pour seconder notre douce harmonie.

CHANT SIXIÈME.

Les compagnons de Tours vers nous hâtent leurs pas ,
Ces dignes Devoirants honorant le trépas ,
Des devoirs fraternels viennent donner l'exemple ,
Que leur donna jadis le Grand-Maître du temple ,
La Franchise 7 salut ! à toi , trois fois salut ! ! !
Quand tes rares vertus font résonner mon luth.
Clef-des- Cœurs-du-Poitou , 8 ma plume aujourd'hui cite,
Que sur l'humanité tu bases ta conduite ,
Qu'intègre et généreux, tu viens donner des pleurs ,
Au frère qui du sort supporte les rigueurs.
L'Estimé-du-devoir, 9 et la Réjouissance,
L'alliance-des-cœurs 10 la Gaieté, 11 l'Espérance, 12
L'Ami-des-compagnons, 13 et le Cœur-généreux, 14
Tourangeau-l'île-damour, Rousseau-le-courageux 15
Laurier-d'amour, 16 Franc-cœur, 17 et l'Aimable-con-
duite, 18

---

1 Moreau. 2 Saumur. 3 Angevin. 4 Saumur. 5 Angevin. 6 Angevin. 7
Mirault de Tours. 8 Bourcier, père des compagnons cordonniers et bottiers de la ville de Tours. 9 Tourangeau. 10 Tourangeau. 11 Touran-
geau. 12 Tourangeau. 13 Tourangeau 14 Tourangeau. 15 Tourangeau.
16 Tourangeau. 17 Tourangeau. 18 Tourangeau.

Viennent des devoirants grossir la noble suite.
La Gloire-du-devoir , 1 et les Deux-bien-aimés, 2
Par leur sombre douleur paraissent transformés,
Tourangeau-bel-amour , 3 Joli-cœur , 4 l'Intrépide, 5
Des pleurs qu'ils ont versés leur paupière est humide.
L'Aimable-courageux, 6 Raimond-le-couronné,
Accourent aux honneurs d'un frère infortuné,
L'Humanité de Tours, Roubeau-la-bienfaisance, 7
Le Soutien-du-devoir, 8 Beauceron-la-constance,
Le Devoirant-fidèle, 9 et la Rose-d'amour, 10
Saumur-la-clef-des-cœurs, le Bien-aimé-du-tour, 11
Tourangeau sans-chagrin, des hommes le modèle
Le résolu de Tours, et puis l'amour-fidèle,
Viennent accompagnés du Digne-courageux, 12
Pour prier l'éternel d'exaucer leurs doux vœux.
Castillon , appellant les fils de la Touraine,
Ta voix a fait écho dans le pays du Maine,
Je vois déjà venir, Manceau-la-fermeté,
Le Juste, 13 Bon-accord, 14 et la Tranquillité, 15
L'Alliance-des-cœurs, 16 de l'Honneur-le-modèle, 17
Les Deux-fidélités, 18 le Devoirant-fidèle, 19
Manceau-va-de-bon-cœur, et la Belle-union, 20
Paraissent, laissant voir leur triste affliction.
Modèle-des-vertus, 21 Bel-amour, 22 l'Espérance, 23

---

1 Tourangeau. 2 Tourangeaux. 3 Brossier. 4 Tourangeau. 5 Chauveau.
6 Tourangeau. 7 Tourangeau. 8 Saumur 9 Tourangeau. 10 Tourangeau.
11 Tourangeau. 12 Tourangeau. 13 Manceau. 14 Manceau. 15 Manceau.
16 Manceau. 17 Laval 18 Manceaux. 19 Chateau-Gonthier. 20 Manceau.
21 Manceau. 22 Manceau. 23 Manceau.

L'Aimable-courageux, 1 et Manceau-la–clémence,
La Gaieté, 2 la Franchise, 3 et l'Ami-de-l'honneur, 4
Manceau-laurier-d'amour, le Bien-aimé, 5 Francœur, 6
L'Ami-de-la-vraie-gloire, 7 et l'Aimable-sagesse, 8
A la reconnaissance unissent leur tendresse.
Le Courageux, 9 Pallas, 10 et le Bien-estimé, 11
Fidèles aux statuts viennent à point nommé.
Provençal, saluant les enfants de la Loire,
N'oublions pas de Blois Francœur et la Victoire,
Le Courageux-fidèle, 12 et Blaisois-la–douceur,
Viennent intercéder la bonté du Seigneur.
L'Ami-du–beau-devoir, 13 et Guépin-la-constance,
Blaisois–le-bien-aimé du brillant tour de France,
L'Ami-de-la-vraie-gloire, 14 et Blois-le-bien-aimé,
L'Exemple-de-Pallas, 15 Vendôme-l'Estimé,
Le Soutien-du-devoir, 16 Résolu, 17 Cœur sincère, 18
S'empressent d'accourir vers le lieu funéraire,
Parisien–la-franchise, et Nivernais-francœur,
L'Ami-de-la-vraie-gloire, 19 et l'Ami-de-l'honneur, 20
Le Courageux-fidèle, 21 et la Belle-prestance, 22
L'Exemple-de-Pallas, 23 Nivernais-la-constance,
Parisien-bien-aimé, favori-d'Apollon,
Normand-la-fermeté, Berry-cœur-de–lion,
L'Ami-des-arts, 24 Franc-cœur, 25 et la Noble-franchise, 26

---

1 Manceau. 2 Manceau. 3 Manceau. 4 Manceau. 5 Manceau. 6
Manceau. 7 Manceau. 8 Manceau. 9 Manceau. 10 Manceau-la-sa-
gesse. 11 Manceau. 12 Blois. 13 Guépin. 14 Guépin. 15 Angevin-
l'exemple-de-la-sagesse. 16 Saumur. 17 Blois. 18 Blois. 19 Parisien. 20 Nivernais. 21 Nivernais 22 Parisien. 23 Brie-l'exemple-de-
la-sagesse. 24 Parisien. 25 Berry. 26 Parisien.

Viennent pour retracer les leçons de Moïse,
Le Courageux-fidèle, 1 et le Bien-décidé, 2
Obéiront toujours aux lois qu'il a fondé ;
Champagne-belle-humeur, et Sans-cérémonie, 3
S'avancent conservant leur humble modestie.
Le Bien-aimé-Champagne et Marchois-le-loyal
Accourent pour s'unir au pacte social.

CHANT SEPTIÈME.

Frère, 4 fais un appel aux zélés Bourguignons,
Ma plume est toujours prête à peindre leurs beaux noms ;
Je vois déjà venir, la Bonté, le Sincère, 5
Pour adresser au ciel leur fervente prière,
Le Secret-du-devoir, Noble-cœur, l'Obligeant,
Le Courageux-fidèle, et le Divertissant,
La Rose, Bon-secours, l'Amitié, la Constance,
L'Exemple-de-Minerve, et la Belle-prestance,
L'Estimé-du-devoir, le Loyal, Beau-désir,
Navrés par la douleur, viennent nous attendrir.
L'Ami-des-compagnons, Maconnais-la-franchise,
Nous apportent les fruits de leur noble devise,
Bon-appui, Clef-des-cœurs, Sans-gêne, Bien-aimé,
L'Ile-d'amour, Beau-désir, Franc-cœur, et l'Estimé,

---

1 Normand. 2 Caentois. 3 Picard. 4 Provençal-l'exemple-de-la-sagesse. 5 Tous les noms de compagnons qui depuis le commencement de ce chant jusqu'au trente-sixième vers qui suit qui ne sont pas notés par un renvoi pour citer le nom de leur ville on de leur province, pourront être considérés comme appartenant à la Bourgogne.

Bien-zélé-de-Macon, et l'Ami-du-courage,
Obéissent aux lois de notre antique usage.
L'Estimé-du-devoir, Bourguignon-noble-cœur,
La Bonne-confiance et l'Ami-de-l'honneur,
Décidé-de-Châlons, la Conduite-jolie,
Viennent voir le tableau que jamais on n'oublie.
Le Vengeur-du-devoir, la Parfaite-amitié,
S'avancent, se laissant guider par la pitié.
Pagan la-clef-des-cœurs, Bourguignon-la-couronne,
Viennent pour nous donner ce que le ciel nous donne.
La Gloire-de-l'honneur, Bon-accord-résolu,
Nous joignent accusant le destin absolu.
Chalonnais-va-sans-crainte, et la Belle-prestance,
Fermeté-du-devoir et puis la Bienfaisance
Bien-zélé, Bourguignon, Pallas, 1 l'Humanité,
Le Devoirant-fidèle, et la Fidélité,
L'Union-de-Châlons, et la Belle-conduite,
De notre affliction sauront trouver le gîte.
Noble-cœur, Bon-secours, et le Victorieux,
Nous abordent d'un air triste et silencieux,
Le Bien-aimé-d'Autun, Franc-cœur, l'Amour fidèle,
Viennent édifier l'union fraternelle.
Bourbonnais-la-gaité, favori des neuf sœurs,
Bugiste, Bel-amour, le Soutien-des-couleurs, 2
Beaujolais-décidé, 3 Bressan-la-confiance,
Dupuy-le-résolu, l'Estimé, 4 la Prudence, 5
Gévaudan-noble-cœur, du Devoir-bon-soutien, 6
Aurillac-l'estimé, Résolu-forésien,

1 La Sagesse. 2 Bugiste. 3 Le Décidé. 4 Bressan. 5 Bugiste. 6 Bugiste

Clermont, le Cœur-sincère, et l'Ami-de-la-gloire, 1
Bien-aimé-du-devoir, 2 Auvergnat-la-victoire ,
L'ami-du-vrai-courage 3 et la Tranquillité, 4
Le Vertueux-fidèle, 5 et la Sincérité, 6
Auvergnat-bon-soutien, Forésien-la-couronne,
S'avancent implorant le Dieu qui nous pardonne
L'Ami-de-la-vraie-gloire, 7 et l'Ami-de-l'honneur, 8
Les Trois fidélités, 9 Beauceron-noble-cœur,
Fidélité-de-Blois, et Clermont-la-tendresse,
Rouergue-bon-accord, et l'Aimable-sagesse, 10
Le Juste, 11 l'Ile-d'amour, 12 Lyonnais-bien-zélé,
Viennent entretenir l'ombre d'un exilé.
Le Soutien-de-la-canne, 13 et Lorrain-la-victoire,
Le Bien-aimé-du-tour, 14 et l'Ami-de-la-gloire, 15
Dauphiné-bon-soutien, Va-sans-crainte-Nancy,
Pour l'appel bienveillant nous donnent un merci,
La Gloire-du-devoir, 16 et Nancy-la-couronne,
Comme tous nos pays arrivent en personne,
Dauphiné-la-vertu, le Juste, 17 le Vengeur, , 18
Valence l'Ile-d'amour, et l'Ami-de-l'honneur, 19
Le Secret-du-devoir, 20 et la Belle-conduite, 21
Viennent orner de deuil l'enceinte israélite.
Le Soutien-des-couleurs, 22 et les Deux-estimés, 23
Dauphiné—va-sans-crainte, et les Trois—bien-aimés, 24

---

1 Auvergnat. 2 Clermont. 3 Beaujolais. 4 Bourbonnais. 5 Clermont. 6 Au_
vergnat. 7 Auvergnat. 8 Clermont. 9 Angevin-la-fidélité , Angevin-l'aimable-fidélité et Angevin-la-fidélité 10 Bourbonnais 11 Lyonnais. 12
Lyonnais. 13 Lyonnais. 14 Lyonnais-le-bien aimé du tour de France. 15
Lyonnais. 16 Dauphiné. 17 Dauphiné. 18 Lorrain. 19 Lyonnais. 20 Dau-
phiné. 21 Lyonnais. 22 Dauphiné. 23 Dauphinés. 24 Dauphiné-le-bien-
aimé, Dauphiné-le-bien-aimé et Dauphiné-le-bien-aimé-des-compagnons.

De l'Honneur-le-modèle, 1 et l'Ami-du-courage, 2
Viennent du fondateur redire le langage,
Dauphiné-bel-amour, Bien-zélé, 3 la Douceur, 4
Le Soutien-du-devoir, 5 les Deux-va-de boncœur, 6
Le Vertueux-fidèle, 7 et la Belle-prestance, 8
S'avancent conservant une aimable décence.
Le Bien-zélé-lorrain et le Victorieux , 9
Beauceron-noble-cœur , Hongrois-le-vertueux,
Alsacien-bel-amour et Lorrain-va-sans-crainte ,
Viennent et sur leurs fronts la douleur est empreinte.
Le Soutien-des-couleurs 10 et Flamand-bras-de-fer ,
Regrettent un ami qui leur fut toujours cher.
Le Soutien-des-vertus 11 et Flamand-la-Couronne ,
Donnent à ce grand deuil l'aspect d'une Gorgone.
La Douce-confiance , 12 Alsacien-bon-accord ,
Corse-ami-de-l'honneur , l'Estimé-de-Francfort,
Saumur-la-clef-des-cœurs , le Courageux aimable. 13
Redisent des vertus le langage adorable ,
Cologne-l'île-d'amour et la Fidélité , 14
L'aimable-courageux , 15 Pallas , 16 la Fermeté, 17
Le Soutien-du-devoir 18 et Suisse-la-prudence ,
Italien-le-vengeur , Couronné-de-Plaisance ,
L'Ami-du-beau-devoir 19 et le Laurier-d'amour , 20
Lorrain-le-bien-zélé , le Bien-aimé-du-tour , 21

---

1 Dauphiné. 2 Lorrain. 3 Dauphiné. 4 Dauphiné. 5 Saumur. 6 Dauphinés. 7 Dauphiné. 8 Dupuy. 9 Lorrain. 10 Alsacien. 11 Fourthoumiou.
12 Alsacien. 13 Menton-l'aimable.courageux (Teissier). 14 Fla-
mand. 15 Suisse. 16 Suisse-la-sagesse. 17 Alsacien. 18 Saumur. 19
Dauphiné. 20 Chambéry. 21 Dauphiné.

Les Soutiens-des-couleurs 1 les deux Belles-conduites , 2
Implorent du très-haut les divines charites 3
Le Vengeur-du-devoir 4 les Amis-de-l'honneur , 5
Dauphiné-la-Constance , et Saxon-la-douceur ,
Cœur-de-lion d'Espagne et la Noble-franchise, 6
Angevin-bon-accord et Franc-cœur-de-Vénise ,
Dauphiné-le-vengeur et la Douce-gaîté , 7
L'Exemple-de-Pallas 8 et la Sincérité , 9
L'Ami-du-beau-devoir 10 et la Bonne-conduite , 11
S'avancent , saluant l'ombre cosmopolite.
Le Bien-aimé-du-tour 12 Franc-cœur du Dauphiné ,
Et celui que Pallas nomma le Couronné , 13
Lyonnais-bien-aimé , Guépin-l'amour-fidèle ,
Et Nancy des vertus le glorieux modèle ,
Cœur-généreux , 14 le Juste, 15 Angoumois-le-vengeur,
Le Soutien-de-la-canne 16 et le Vrai-Noble-Cœur 18
L'Aimable-courageux 19 , les Amis-de-la-gloire 20
Parisien-noble-cœur , Saintonge-la-victoire ,
Le Devoirant-fidèle 21 et l'Ami-du-devoir 22
Arrivent en laissant flotter leur crêpe noir.
L'ami-des-compagnons 23 Bourguignon-la-couronne ,
Le Couronné-d'Agen , le Juste-de-Bayonne ,
Brin d'amour-le-Comtois, Dauphiné-bien-zélé ,
Viennent rendre à la mort un devoir signalé.

---

1 Piémontais et Chambéry. 2 Piémontais et Chambéry. 3 Les grâces
charites. 4 Chambéry. 5 Piémontais et Chambéry. 6 Espagnol. 7 Pari-
sien. 8 Angevin l'exemple-de-la-sagesse. 9 Dauphiné. 10 Lyonnais. 11
Poireaux 12 Beaujolais. 13 Dauphiné. 14 Comtois. 15 Dauphiné. 16
Pouyan. 17 Dauphiné. 18 Guépin 19 Bugiste. 20 Parisien , Comtois,
Berry , Poitevin et Rochelais. 21 Alsacien. 22 Provençal. 23 Bourbonnais.

L'ami-du-droit, 1 Franc-cœur, 2 Dauphiné-cœur-sincère,
Lorrain-le-bon-soutien , Liberté-de-Bagnère ,
Comtois-cœur-généreux et l'Ami-de-l'honneur, 3
Décidé-Lorient et Belge-noble-cœur ,
La Parfaite-amitié , 4 l'Exemple-de-Minerve 5
Implorent humblement le Dieu qui les observe.
Nantais-le-bien-aimé, Moissac-la-clef-des-cœurs ,
Nivernais beau-désir et les Cinq-protecteurs 6
Angoumois-bien-zélé, Foraisien-la-Couronne ,
Bon-accord 7 et Comtois dont la conduite est bonne,
Parisien-noble-cœur et la Rose-d'amour , 8
Les Belles-unions 9 les Bien-aimés-du-tour, 10
L'Exemple-de-Pallas 11 et la Belle-prestance 12
La Parfaite-amitié , 13 Maconnais-la-prudence ,
Dauphiné-la-concorde et les Humanités 14
Provençal-l'île-d'amour , les Cinq-fidélités 15 ,
Le Bien-aimé-Rouergue et la Douce-concorde , 16
Ecoutent attristés la pathétique exorde.
Dauphiné-la-sagesse et le Fier-courageux , 17
Du Devoir-l'alliance 18 et le fier courageux 19
Breton-le-couronné , les Cinq-belles-conduites 20

---

1 Alsacien. 2 Comtois. 3 Champagne. 4 Bourguignon. 5 Nancy-l'exemple-de-la-sagesse. 6 Périgord-le-protecteur , Lorrain-le-protecteur
du-devoir, Normand-le-protecteur-du-devoir, Limousin-le-protecteur-
du-devoir, Beaugency-le-protecteur-du-devoir. 7 Comtois. 8 Guépin,
9 Dauphiné et Beauceron. 10 Angevin, Brestois et Gascon. 11 Tourangeau. 12 Pézenas. 13 Pézenas. 14 Tonnerre-l'ami-de-l'humanité et Pa-
risien-l'humanité. 15 Angoumois, Dauphiné-l'aimable-fidélité , Dupuy,
Nivernais et Dauphiné. 16 Dauphiné-la-concorde. 17 Dauphiné. 18
Guépin 19 Rochelais. 20 Languedoc , Comtois, Poitevin, Bordelais et
Béarnais.

Les Aimés-du-devoir 1 connus par leurs mérites ,
Alsacien-la-confiance et l'Ami-de-l'honneur , 2
L'Exemple-de-Pallas , 3 Nivernais-la-douceur ,
Accourent pour montrer une vertu qui brille ,
A tous les bons enfants de la grande famille.

CHANT HUITIÈME.

Dans cette auguste enceinte où la tendre amitié
Réunit en ce jour le deuil et la pitié,
Donnons, mes chers pays! des regrets et des larmes,
Au souvenir cruel, qui cause nos alarmes,
Respectueusement fléchissons les genoux;
Prions pour le mortel qui sut mourir pour nous;
Prions pour le devoir, pour le compagnonnage,
Qu'il sauva, les vengeant du plus sanglant outrage,
Oui, digne devoirant, nous prierons pour toi,
L'évangile du christ, nous en fait une loi,
A tes mâles vertus, nous bâtirons un temple,
Pour que le renégat, qui, surpris le contemple,
Appercevant trois mots par le burin gravés,
Reconnaisse qu'il est au rang des reprouvés;
Et qu'à son noble aspect il doit , baissant la vue,
Avaler le poison dont sa bouche est pourvue,

---

1 Sablais et Provençal les bien-aimés-du-devoir. 2 Lorientais. 3 Périgord , Maconnais-lé-modèle-de-l'honneur , Dauphiné-le-bien-aimé,
Périgord-le-bon-soutien. Auvergnat-l'estimé-des-compagnons , Ange-
vin-le-fidèle courageux.

S'enfuir épouvanté de honte et de terreur,
Pour cacher à jamais, sa face et son horreur :
Désormais, quand nos lois recevront quelque injure,
Ton nom fera frémir le traitre et le parjure,
Toujours prêts à venger, le devoir immortel,
Nous brûlerons l'encens sur ton auguste autel,
Enfant de Némésis, ta légale vengeance,
En sapant les abus de cette vile engeance,
Rehausse la grandeur de cet ordre sacré,
Qui par la voix du maître il nous fut consacré,
Ses généreux neveux rediront d'âge en âge,
Que ton bras défendit le beau compagnonnage,
Qui garde dans son sein, les hommes vertueux,
Humbles, probes, humains, jamais présomptueux ;
Qui comme un pélican ferait une ouverture,
A son sein généreux pour servir de pâture,
A ses fils bien-aimés, qui respectant sa loi,
Reconnaissent son sang digne d'un tel emploi,
Modèle des vertus ombre à jamais chérie,
Puisse tu reposer sur la rive fleurie,
Puisses tu pénétrant dans l'empire des morts,
Te tenir à l'écart du gouffre des remords,
Parcours les bois fleuris où tu verras les âmes,
L'entretenir en paix de leurs célestes flammes ;
Dans ces riants bosquets tu trouveras Mouton,
Avec nos bons enfants victimes d'Alecton,
A ton grave salut, ils sauront te connaître,
Maconnais le premier, viendra te reconnaître,
Albigeois-bien-aimé, Gascon-l'île-d'amour,
T'instruiront des douceurs du paisible séjour,

Rennois-l'ami-des-arts, Bourguignon-le génie,
Charmeront tes ennuis par leur douce harmonie,
Lumineau 1 Beauceron, Beaumont, et Dauphiné,
Joindront à ton destin leur sort infortuné ;
Et les Deux-Bourguignons mutilés par la lame,
Emouvront ton bon cœur au récit de leur drame,
Va, puisqu'aux sombres bord les corps d'états divers ,
Pour fêter l'union donnent de doux concerts,
Offre à tout compagnon une main secourable,
Sur terre tu n'eus pas un bien si désirable;
Présente ton salut aux compagnons tondeurs,
Recherche d'amitié Vendôme clef des cœurs, 2
De sa douce morale alimente ton âme,
Et tu l'embraseras de la plus pure flamme,
Adieu cher bourguignon crois bien que l'avenir,
Saura garder de toi l'éternel souvenir;
Pour la dernière fois, adieu digne modèle,
Des brillantes vertus à qui tu fus fidèle.

FIN DU HUITIÈME ET DERNIER CHANT.

Union que le ciel, créa pour les humains ,
Toi, qui de la concorde a déchainé les mains ,
En créant à ton tour cette douce harmonie ,
Qui doit au beau devoir rester toujours unie ,
Oh, reviens parmi nous, sans toi, tout est néant,
Le gouffre où nous tombons reste toujours béant ,
Sur un nuage d'or , hâte-toi, le temps presse ,
Appporte-nous tes chants d'amour et d'allégresse ,
Si dans les cœurs bien nés ils doivent retentir ,
Puissent-ils y rentrer pour ne plus en sortir ,
Puissent-ils à jamais électriser nos âmes ,
Et leur verser les flots de tes célestes flammes.

---

1 Poitevin-l'aimable-courageux. 2 Vendôme-la-clef-des-cœurs, com-
pagnon-chamoiseur , poète , homme d'un grand talent, connu par ses
chants compagnonniques.

L'IMMORTALITÉ.

—

Air : Chantons amis tous les guerriers du monde.

Pour accomplir le dessein de son père,
Un sage roi connu par sa vertu ,
Fit élever au grand Dieu qu'on revère ,
Un monument jusqu'alors inconnu .
La renommée aux Gaules le publie ,
Sitôt l'honneur et la dextérité
Furent requis pour placer leur génie ,
    A l'immortalité.   (bis)

—

En élevant ce superbe édifice ,
Un doux accord régnait dans tous les cœurs ,
De l'âge-d'or la reine protectrice ,
Aux compagnons accordait ses faveurs ,
La sympathie électrisait leurs âmes ,
Les rehaussait en sagesse et bonté ,
Et conservait les vertus de leurs flammes
    Pour l'immortalité.   (bis.)

—

Prêt à finir l'ouvrage incomparable ,
La furieuse et terrible Alecton
Sortit du sein de l'abyme effroyable ,
Et dans trois cœurs répandit son poison ;

L'audace armée aux trois portes sacrées ,
Frappa le sein de l'auguste équité ,
Quand l'éternel plaçait ses destinées
    A l'immortalité.   (bis.)

—

Après avoir achevé ce saint temple ,
Et du devoir entendu l'harmonie ,
Le fondateur que l'univers contemple ,
Plein de vertus revint dans sa patrie ,
Bravant les flots de la plaine liquide ,
Il vit bientôt le séjour enchanté ,
Où son talent marcha d'un pas rapide ,
    A l'immortalité.   (bis.)

—

Le bon accueil que reçut ce Grand-maître ,
En étalant tous ses brillants succès ,
Enfla le cœur du jaloux qui fut traître ,
Au fondateur des plus heureux bienfaits ,
Calomnié par l'ami qu'il estime ,
Il s'en sépare exempt de lacheté ,
Pour devenir la sincère victime ,
    De l'immortalité.   (bis.)

—

Plusieurs amis feignant d'être fidèles ,
Au beau devoir inspiré par les Dieux ,
Surent ourdir de trames criminelles ,
Dont je ne puis peindre les traits affreux.
Puisque Clio les grava dans l'histoire ,
Ils sont acquis à la postérité ,

Et resteront au temple de mémoire,
    A l'immortalité.   (bis)

—

Au même instant que ce vertueux sage ,
De sa prière implorait l'éternel ,
Il vit entrer dans son saint hermitage
L'intime ami qui devint criminel ,
Oh ! rénégat ! à ce nom je frissonne ,
Pouvais-tu donc trahir l'humanité ,
Tes noirs méfaits que ma lyre résonne ,
    Ont l'immortalité.   (bis.)

—

Depuis vingt jours j'avais vu la lumière ,
Lorsqu'Apollon vint m'inspirer ces vers ,
Croyez, pays, que ma muse sincère
Les a construits dans ses pensers divers.
Dans l'Albigeois l'auteur a reçu l'être ;
L'ami des arts vous jure en vérité ,
Qu'il est heureux de chanter son Grand-maître ,
    Et l'immortalité.   (bis.)

—o—

CHANSON COMPAGNONIQUE.

A genoux devant les couleurs.

—o—

Air : à genoux devant le soleil.

Bons enfants du beau tour de France ,
Pour vous plaire je vais chanter ,

Si j'obéis de l'indulgence ,
N'allez point me deshériter ;
Sur les emblèmes du mystère ,
Je vais répandre quelques fleurs ,
Et me placer sachant me taire ,
    A genoux devant les couleurs.

ROUGE.

Ruban de couleur purpurine .
Qui parfois brille sur mon sein ,
Des baisers pris à ma Corinne ,
Tu m'en retrace le larcin ,
Et quand du maître que j'honore ,
Je sens pour lui couler mes pleurs ,
Pour son sang je me place encore ,
    A genoux devant les couleurs.

BLEU.

Bleu céleste que mon amie
Fait réfléter dans ses beaux yeux ,
Lorsque je la trouve endormie ,
Tu te réflètes dans les cieux.
Pur emblême de la concorde ,
Désormais goûtant tes douceurs ,
Je me mets , fuyant la discorde ,
A genoux devant les couleurs.

ROSE.

Vif incarnat que la nature ,
Fit pour embellir les amours ,
Sur une adorable figure ,
Je t'y vois briller tous les jours ,

Et quand sur toi couleur divine,
J'y vois les bienfaits des tondeurs ,
Humble et modeste je m'incline,
   A genoux devant les couleurs.

BLANCHE.

Fleur que je cueillis en Provence ,
Eclatante de pureté ,
Ma Corinne à ton innocence ,
Ton teint de lys et ta beauté.
De la candeur fidèle image ,
Instruis—moi de tes douces mœurs ,
Puisque je vais te rendre hommage ,
   A genoux devant les couleurs.

VIOLETTE.

Fleur craintive jusqu'à l'extrême
Qui n'ose à mes yeux te montrer ,
Dans le sein de celle que j'aime ,
Souvent je t'y vois pénétrer ;
Violette simple et timide ,
Toi qui rend discrets les bons cœurs ,
Fais- moi placer probe et candide ,
   A genoux devant les couleurs.

VERTE.

Couleur que ma Corinne envie ,
Trompeuse idole des humains,
Pour elle au sentier de la vie ,
Applanis les rudes chemins ;
Puisque pour faire une alliance,
Le ciel a béni mes labeurs ,

Je te rends hommage , espérance !
A genoux devant les couleurs.

———

Ne criez pas à l'utopie ,
Vous tous qui lisez ces couplets ,
Car la saine philantropie
Peut seule accomplir mes souhaits :
Bien que d'Albigeois la voix tremble ,
Pour éviter de grands malheurs,
Avec lui chantons tous ensemble ,
A genoux devant les couleurs.

———

A PERDIGUIER

Compagnon menuisier du devoir de liberté, représentant du peuple.

———

AIR : du curé du village ,
Venez sur l'humble pierre ,
A genoux faire une prière.

———

REFRAIN.

A Perdiguier le sage ,
Rendons , rendons un pur hommage ,
Puisqu'il sape tous nos abus ,
Ornons de fleurs ses modestes vertus.

Bons enfants du devoir,
C'est son humain savoir,
Qui du beau tour de France,
Bannit l'intolérance,
Dont ses effets cruels,
Dans la rixe sanglante,
A glacé d'épouvante
Les paisibles mortels.
REFRAIN. A Perdiguier le sage, etc.

Ce moderne Nestor,
Des mœurs de l'âge d'or,
Pour le compagnonnage,
Il retrace l'image,
Quand pour l'humanité,
Sa main soulève un voile,
Qui cachait une étoile
A la fraternité,
REFRAIN. A Perdiguier le sage, etc.

De ses doctes écrits
Thémis connaît le prix,
Chaque vers de sa verve,
Enfante une Minerve,
Dont les vrais compagnons,
Abjurant leur rancune,
En posséderont une,
Pour suivre ses leçons.
REFRAIN. A Perdiguier le sage, etc.

P ur jouir désormais,
De cette douce paix,
Décrite par sa plume,
Sans fiel, sans amertume,

De sa bouche de miel ,
Redites le langage ,
Et le compagnonnage,
Sera béni du ciel.

REFRAIN. A Perdiguier le sage , etc.

En nous édifiant ,
Du temple d'Orient ,
Il nous conte l'histoire ,
Fidèle à sa mémoire ,
Inspiré par l'accord ,
Son cœur pur et sincère ,
Du salut qu'on revère ,
Il nous conduit au port.

REFRAIN. A Perdiguier le sage , etc.

De vos chers intérêts ,
Compagnons du progrès ,
Avec persévérance
Sa voix prend la défense,
Unissez-vous à lui ,
Pour sa sainte entreprise ,
Celui qui moralise
Doit avo'r un appui,

REFRAIN. A Perdiguier le sage, etc.

Compagnons orphelins ,
Devenons plus humains ,
Dans son avis prospère ,
Nous trouverons un père ,
L'humble , l'ami des arts ,
L'Albigeois sa patrie ,
De sa Thémis chérie ,
Suivra les étendarts.

Refrain. A Perdiguier le sage ,
　　Rendons , rendons un pur hommage ,
　　Puisqu'il sape tous nos abus ,
　　Ornons de fleurs ses modestes vertus.

LES AUTEURS.

Air : Fais Dieu puissant que l'homme généreux ,
Tende la main à l'homme malheureux.
Ou bien : Laissez en paix vivre les orphelins.

　　Graves auteurs qui formez le Parnasse,
Pour dans vos chants célébrer l'union,
Persévérez votre sublime audace,
Du tour de France à l'approbation ;
Que sous vos doigts vos lyres immortelles,
N'enfantent plus de sons discordieux,
Et les rayons d'un soleil lumineux,
Feront sur vous jaillir mille étincelles.
　　Refrain : Fille du ciel pure fraternité,
　　　Inspire leur ta douce humanité.

Toi, qui naquis dans la fière Lutèce,
Oh! bien aimé salut! à ton savoir,
Bien jeune encore gravissant le Permesse,
Tu nous chantais les vertus du devoir ;
Si de ton luth ravissante harmonie ;
Le tour de France a gardé les doux sons.

Fais–lui toujours résonner les chansons,
Où le progrès fait briller ton génie.
Fille du ciel etc.

Enfant sevré par les filles savantes,
Toi, que Pallas nomma l'ami des arts, 1
Laisserais–tu les neuf sœurs languissantes,
Sans te montrer sensible à leurs égards.
Crois–moi, reprends ta lyre enchanteresse,
Le temps commande aux amis du progrès,
Du travailleur prenant les intérêts,
Proclame-les par tes chants d'allégresse,
Fille du ciel, etc.

Toi, bien-aimé du brillant tour de France, 2
Ta Polymnie électrise nos cœurs,
L'amour du bien par ton expérience,
Sur l'union répand ses belles fleurs ;
Du beau devoir chantre heureux que j'admire,
Chante les lois du sage fondateur,
Et du progrès, roi régénérateur,
Fais en vibrer les cordes de ta lyre,
Fille du ciel :

Le blond Phébus de la belle Provence,
Cher bien–aimé 3 rechauffe tes esprits,
Tes vers heureux construits par ta science,
Avec candeur brillent dans tes écrits ;
Pour le devoir, ta vierge poétique,
Va méditer dans le vallon sacré,

---

1 Toulonnais.

2 Carcassonne. 3 Bonnefoi dit Provençal-le-bien-aimé du tour de France.

Et pour gravir le haut mont révéré,
Tu sais l'orner de ton voile mystique.
      Fille du ciel, etc.

Gais chansonniers des corps que je revère,
Salut à vous, salut! trois fois salut! ! !
Quand près de vous l'orphelin trouve un pèr
La main du ciel accorde votre luth;
Bardes joyeux, chantez faites entendre,
De doux concerts de paix et d'union,
La terre écoute et la division
S'enfuit au loin ne pouvant vous comprendre.
      Fille du ciel, etc.

Donne l'essor à ta muse timide,
Cœur généreux tu la dois au devoir;
Un temps viendra que son vol plus rapide,
Sur l'Hélicon placera ton savoir,
Si ton soleil dans le ciel poétique,
Y doit un jour étaler ses rayons,
Crois cher Nantais que tes productions,
Seront les fruits d'une saine logique.
      Fille du ciel, etc.

Le feu divin de ta verve lyrique,
Cher Bourbonnais charme l'ami des arts;
Ta gaîté franche est toute véridique,
Du sérieux attire les regards;
Reprends ton luth, Albigeois t'en supplie,
Rechante encor l'hymne de l'union,
Ce doux labeur d'une inspiration,
Qui pour toujours, nous unit et nous lie.
      Fille du ciel, etc.

AUTRE

Air : Du prince Eugène
Ou bien : Du prisonnier de Saint-Hélène.

—

Dieu des beaux arts, écarte le nuage,
Viens réchauffer mes esprits languissants,
Fais qu'en ce jour, le beau compagnonnage,
Soit célébré par mes faibles accents ;
Muse des bords où coule l'Hipocrène,
Viens m'inspirer tes sonores accords,
Puisque je vais chanter dans mes transports ;
Le beau devoir qui nous enchaîne.

Temple divin, asile du mystère,
Sur ton autel, nous brûlons de l'encens,
Le saint des saints, auguste sanctuaire,
Reçoit nos vœux, comme nos doux serments
En demandant au grand Être suprême.
D'ouvrir les yeux à tous nos oppresseurs,
Nous répandons les plus brillantes fleurs ,
Sur le beau devoir d'Angoulême.

Repose en paix ombre à jamais chérie,
Toi, qui fonda l'ordre des devoirants,
Sur ta mémoire et sur ton beau génie,
Nous élevons de pieux monuments ;
Si pour nos cœurs tu fus trop éphémère,
En revoyant l'éclat du ciel d'azur,
Dans neuf printemps ton devoir saint et pur,
Nous éclaira de sa lumière.

Aux sombres bords cette âme magnanime ,
A retrouvé son modèle martyr ,
Ce compagnon dont trois enfants du crime ,
Voulaient par lui connaître l'avenir,
Sa fermeté qui lui coûta la vie
A maître Jacques offrait un grand tableau ,
Puisqu'en mourant son merveilleux flambeau ,
L'éclairait à *son agonie.*

Tes grands bienfaits, tes vertus et ta gloire,
Ont pénétré dans le sacré vallon,
Clio redit ta bienfaisante histoire ,
Aux favoris de la belle union,
L'ami des arts sur sa lyre timide,
Y chante aussi ton grand cœur, et tes lois,
Les honorant, tu verras qu'Albigeois,
Montrera que l'honneur le guide.

——◆——

ACCROSTICHES.

—

T a verve , ton génie et ta sublime audace ,
O seraient-ils vouloir s'éloigner du Parnasse ,
U tile aux devoirants sur mille points divers ,
L 'émule de Rennois ne ferait plus des vers ;
O h! ne délaisse pas ta muse enchanteresse ,
N otre amour la réclame, elle nous intéresse ,
N oble sans vanité , nette comme un cristal ,
A nimant tous les cœurs par le sentimental ,
I l faut qu'aux doux accords de sa touchante lyre ,
S es hymnes fraternels viennent encore instruire ,

es dignes aspirants qui sur le brillant tour ,

doptent avec foi nos dogmes pleins d'amour :

oraliste éprouvé , tu dois par ta science ,

llustrer de nos lois l'esprit et l'excellence ,

éraciner le mal qu'ont tous nos préjugés ,

t saper les abus qu'on a tant négligés ;

onde la profondeur de l'effroyable abîme ,

l'aspect du danger avertis la victime ,

echerche les moyens de lui faire entrevoir ,

out ce que l'union est pour le beau devoir ,

i du grand fondateur nous suivions la maxime.

---

ableau brillant d'azur, ombré par l'harmonie ,

céan du progrès , temple du beau génie ,

nivers du talent , domaine du savoir ,

iante région où le fils du devoir ,

evient y cultivant les arts et les sciences ,

xpert à démontrer d'utiles connaissances ,

ier de son industrie à l'aspect d'un bourgeon ,

ien ne l'arrête , il part pour un autre horizon ,

u doux réveil des fleurs une humble marguerite ,

aissant sur le gazon embellit sa conduite ;

ontent d'aller revoir les auteurs de ses jours ,

n chantant il revient au sein de ses amours.

---

mis, (bien plus qu'amis) frères de cœur et d'âme ;

i vous voulez unir vos feux à notre flamme ,

résentez-vous au temple où la fille du ciel 1

nvite les humains au banquet fraternel :

---

1 La bienfaisance.

R animant vos esprits du nectar qu'elle verse ,

A lors vous connaîtrez la charge qu'elle exerce ,

N e connaissant d'autre art que celui d'embellir ,

T oujours elle travaille aux mœurs pour les polir .

S ans elle vos doux vœux ne pourront s'accomplir.

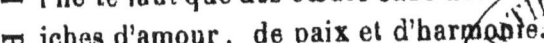

C roire au Dieu qui créa l'atome indivisible ,

O ffrir à sa grandeur l'encens incorruptible ,

M esurer sur le bien leurs œuvres et leurs pas ,

P rofiter des leçons que leur donne le sage ,

A imer et secourir l'ouvrier qui voyage ,

G arder toujours leur cœur juste comme un compas ;

N e masquer ses défauts pour tromper l'innocence ,

O ublier une injure et jamais un bienfait ,

N 'obéir qu'à la voix de la reconnaissance

S era d'un compagnon le fidèle portrait.

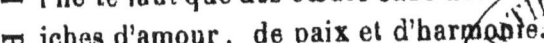

D ogme sacré , source de pur amour ,

E difié par la philantropie ,

V ertu céleste , ange qui sur le tour ,

O rdonne et veut sitôt être obéie ,

I l ne te faut que des cœurs sans détour

R iches d'amour , de paix et d'harmonie.

www.ingramcontent.com/pod-product-compliance
Lightning Source LLC
Chambersburg PA
CBHW060809180626
46818CB00002B/763